KB037378

신경숙 시집

다른 계절에 만나요

신경숙 시집

다른 계절에 만나요

1 쇄 발 행   2024년 06 월 10일

지 은 이   신경숙
펴 낸 이   박숙현
주   간   김종경
편   집   이미상
펴 낸 곳   도서출판 별꽃
출 판 등 록   2022년 12월 13일 제562-2022-000130호
주   소   경기도 용인시 처인구 지삼로 590 CMC빌딩 307호
전   화   031-336-8585
팩   스   031-336-3132
E - m a i l   booksry@naver.com

ⓒ신경숙, 2024

ISBN / 979-11-94112-00-6

· 이 책의 일부 또는 전부를 재사용하려면 저작권자와 「도서출판 별꽃」의 동의를 얻어야 합니다.
· 잘못된 책은 구입한 곳에서 바꿔드립니다.

다른 계절에 만나요

신경숙

별꽃

목차

1부
깨진 대문의 안쪽

2부

젖은 땅을 어루만지는 일

3부

떠나보내지 않았으나

4부
닦아내도 얼룩지는 기억

1부

깨진 대문의 안쪽

달이 야위어 간다

등뼈를 구부린 그믐달이 그물에 걸려 있었다

가장 가벼운 몸으로, 썩은 나무의 등걸 같은
척추의 계곡을 지나 한 걸음도 걸을 수 없는
너무 깊은 곳에 뿌리를 내린 210호 병실 침상
그물을 뚫고 어디가 출구인지 알 수 없는
닳아버린 달의 옆구리를 만진다

어둠 속에서 죽은 아버지가 살아 나올 것 같은
삼길포에 빠진 비린 달을 건진다
돌아오지 않는 거라고 물을 버리지 못해 설마,
엄마는 그믐밤마다 정화수를 떠놓았다
갈퀴 같은 굽은 손으로 그물을 던진다
그물에 걸리는 것은 유채꽃뿐

빈 껍데기 속을 들락거리는 아홉 형제를 머리에 이고
후들거리는 다리를 끌어 솔잎을 긁어 파는 맏딸
어린 동생을 살리려고 부뚜막에 올라가 죽을 끓이는
이젠 요양원 침상에 깊은 뿌리를 내렸다

달이 야위어 가는 밤이면
어머니는 그물을 던지러 침상을 내려와
삼길포에 빠진 달을 건지러 간다

뒤돌아보니 어머니 발자국마다 내가 달의 옆구리
를 만지고 있다

측도
測島

깊이를 알 수 없는 섬 하나, 선재리에 있다

물길은 방파제에 제 몸을 던진다
갯벌계곡을 거칠게 삼켜버린다 질퍽한
오늘이 뻘밭에 빠진다 저 물길 앞에
몸이 얼마나 깊은지 항구는 알지 못했다

갯벌에 들어선다 하루를 시작하는
찰진 생들이 거품을 올린다
구멍 속 생들이 내일을 뻘밭에 묻어 놓는다

낚싯배가 서둘러 포구에 돌아오는 시간
갯벌계곡을 빠져나온 사람들 서둘러
장화를 널어놓는다 소금처럼 간간해진
발등 위로, 영흥대교를 달려가는 해넘이
뻘다방 햇빛 가림막이 다 가리지 못해
손등으로 가려보는 붉은 노을

물길을 재 본다, 깊이를 가늠할 수 없다

뻘배를 밀어 서두르다 달빛에 갇힌
상처를 물살에 흔들어 본다
오늘을 침몰시킨 별빛이 목섬으로 달아난다

찰진 생들이 거품을 게워내는 동안
가늠할 수 없는 몸의 깊이를 재어 본다
파도가 갯벌에 무늬를 남겨놓고 달아난다

하쿠나 마타타 뻘다방 지붕 위로

* 측도測島 : 옹진군 영흥면 선재리에 있는 섬

10월의 햇살, 마른 씨앗처럼 쏟아지는

웃자란 꽃대가 바람을 등에 짊어지고 있다
흔들지 않아도 마른 씨앗처럼 쏟아지는 10월의 오후
담장을 내려오고 있다

가을 햇살 풀어놓은 운동장에 한나절 갇힌 웃음소리
쏟아져 나오는 발소리에
좌판을 끌고 오는 노점상의 전대
몸 풀며 밤 속으로 들어온 10월의 결실
한 해의 이름, 못을 박는다

젖은 땅에서 웅크리고 있던 씨앗처럼
치솟는 빛을 어쩌지 못해
와락 덤벼드는 도깨비풀
가슴을 쓸어내리며 시끄러운 심장을 밀어 넣는다

저녁이 맨발로 달려와 안으로 터져나는 걱정
빈 문서에 잡아두고 잠시 눈을 감는다
멈출 수 없는 일상에 브레이크를 밟는다

물관을 타고 오르던 수액
기둥을 버리고 뿌리로 들어간다
구겨진 잎자리 흉터에 메꽃 웃음
헝클어진 바람이 소리를 지우고 간다

아무도 없는 평창리 들녘을 걸으며
익은 벼와 하나 되던 날, 씨앗을 받아 둔다
여문 씨앗처럼 쏟아지는 10월의 햇살

꽃차를 마시는 저녁, 달의 배꼽을 만진다

저녁을 삼키는 달의 늑골이 욱신거린다

맨드라미 볏을 세우고 심호흡을 한다
통증을 삼키는 사이에도 옆구리를 접어야 한다
날개 접은 어둠, 상자에 넣어두는 새벽
달의 등뼈를 만진다

통점을 만지기 위해 아랫배를 움켜쥔다
달마다 지나가는 불순
맨드라미 꽃차를 마신다
혀끝에 남아 혼잣말하는 저녁
장독대를 서성이는 굽은 등의 어미,

달을 넘긴다는 일은 잎벌레가 만든 그물잎 무늬다

불순한 달은 불온하게 지나고
읽지 못하고 펼쳐 놓은 책갈피에
마른 꽃잎, 색을 지우고
맨발로 일어서는 문장에 수액樹液을 놓는다

오버나이트가 감당하기 힘든 날
붉은 목화꽃이 피었다는 소문이 돈다
빨랫줄에서 흔들리는 소문은
광목 소청에 각혈을 남기고 끝이 난다

꽃받침에서 빠져나온 씨앗, 달의 배꼽에 박힌다

뒤늦은

혀꽃[1]은 기침을 숨겨놓고 핀 여자의 허파다
중양절에 꺾어야 할 구절초 10월에 만났다

대숲에 흉터를 남기고 간 이름들 안녕한지
수선하게 흔들어 놓고 바람은 지나가는 거지

정해진 답이 없이 흐린 발자국을 데리고 대숲을
빠져나가다 갇힌 안개, 추령천[2]에 몸을 씻는다

눈에 밟혀 시들해진 구절초 꽃들이 모인 능선
만지작거리다 놓고 나온 파장한 판매대의 야채처럼
축제가 끝난 현수막처럼 시들하고 스산하다

발목을 붙잡는 스피커에서
몸의 수식어를 해독하며 찾아내는
가을 사랑

그 계절, 바람을 건너가면 도착하지 못한 날이 기
다리지

갤러리에 갇힌 구절초 열었다 닫는다
패턴을 그리면 다시 피어나는 구절초

아쉬움의 순간은 화심에 꽂아두고 왔다

1) 구절초 가장자리의 흰색 꽃잎이 혀의 모양으로 생겨서 설상화라고 함
2) 섬진강의 한 지류, 전북 순창군 복흥면에서 정읍시 산내면 매죽리를 거쳐 섬
   진강댐의 갈담저수지로 흘러 들어간다.

바다부채길

— 정동 심곡항

그곳에 파도를 짊어지고 있는 남자가 있다

미처 채우지 못한 단추 사이로 창백한
여자가 떠돌고 있다
깊이를 가늠하지 못하는 약속
풀리지 않는 설움처럼 파도는 울고 있다
사내의 넓은 등처럼 해안단구 펼쳐 있다

날마다 벗겨내는 햇살 그러나
파도 소리에 마음 붙인 해국海菊
해류를 물어뜯는 물고기 떼
아까부터 지켜보고 있는 섭
해초를 목에 감아쥐고
바위에 엎드려 관자를 움켜쥔다

해안에 흩어진 소문
코끝에 끊임없이 와닿는다

잦아든 바람 소리 감기처럼 지나간다

낡은 이력 속에 박힌 잠수부
심해의 지느러미 한 접시 꺼내놓고 잔을 비운다
전적戰績인지 전과前過인지 상기된 얼굴의 겉늙은
노총각
숯불 뒤적이며 언 몸을 녹이고 있다

등지고 떠난 육순의 끝
도심으로 밀려와
일상에 잡혀 등을 두드리고 가슴을 쓸어낸다

오늘 밤, 파도를 짊어진 사내의 넓은 등을 만나러
간다

억새 날다

아무도 모르게 성곽을 돌았다

억새 그늘에 숨어서 동북각루*에 들어섰다
성벽은 둥지였다 억새의 자궁이었다
길게 이어진 언덕을 따라 깃털은 여전히 흔들거렸다
가끔은 바람의 방향으로 돌아선 마음
그래서 날아오를 수 없는, 새의 습성을 지닌 깃털
살아있음에 흔들리는 거라며 중얼댄다

입동이 툭 치고 간
바람이 시리다

만추를 끌어안은 폐경의 여자
가슴에 키우는 새, 부리로 쪼아댄다
거친 발음으로 날아오르는 억새
능선에 매달려 오른 만월이 성벽 밑으로 모여든다
바람이 쓸어내린 깃털 하나
곤줄박이 한 마리 물고 간다

억새는 나는 방법을 잊지 않았다

* 동북각루 : 수원화성의 동북쪽성벽 모서리에 군사적 용도로 세운 누각

얼굴 화석

시간을 팽팽히 잡아당길수록 붉다
기억되지 못한 씨앗의 역사는 더 붉다
갤러리 안 얼굴 화석들이
매몰에서 나와 거친 숨을 몰아쉬고 있다

그날의 피부는 계절을 가로지르는 냉동고를 삼켰
을까

얼굴을 휴대하고 언제든 열어본다
주름을 펴며 넓혀 본 사진에서
참꽃처럼 연한 붉은 냄새가 난다

까치발로 걸어서 천천히 닿고 싶은 주름의 무늬
손등 위로 흘러내릴 때
해독되지 않는 바람을 배경으로
헐거워진 날, 누군가가 전송해 준 팽팽한 날이 도
착했다

싱싱한 땀방울에서 북한산 암석이 겨울 푸성귀처

럼 푸르다

얼굴 화석을 발굴하는 원장의 손이 바쁘다
과대광고가 눈을 붉히고
피부과 계산대에 취소전표를 독촉하던 눈 밑 지방
미처 제거하지 못한 번복된 말들이 눈 아래로 몰려
온다

잠이 오지 않는 밤에

잠자리 날개에 매듭짓고 다시, 묶었다
모시 올을 빠져나오지 못하고 날개가 부러졌다
암막 커튼이 이중으로 달린 것도 모른 채
잘못 닫아버린 모시 커튼
흔들어도 열어젖히려 해도 옷핀에 묶인 잠
내일이 먼저 와 가만히 눈썹에 손을 올렸다

블루라이트가 열어놓은 세상에서 날 수 있었다
수면 부족의 비문증, 시신경을 더 세게 자극하였다
처방전을 오래 가지고 있었다 묶인 잠이 헐거워졌다
아침저녁으로 넘기는 반쪽의 알약이 보름달로 차
올라
의존적인 아침을 버리기로 했다
날실이 잠의 날개를 적셨다

약사가 읽어주는 복용법에 저녁을 버려야 한다는
말이 없다
수면이 수면으로 올라와 블루라이트 전원을 끄기
로 했다

떠다니는 날파리들을 커튼으로 감췄다

젖은 잠의 날개 와락 끌어안고 그린라이트를 켠다

축제는 사라지지 않는다

검은 바람이 어디서 불어왔는지 그때, 리듬에 몸을
맡긴 수많은 사람 모두
좁은 골목 언덕을 내려왔다 춤을 추는 가면은 수년
전부터 그 동네에 서 있었던
은행나무의 갈라진 껍질 안쪽, 오리발 무늬 잎에
노란 물을 들여놓은 후 전깃줄에
걸렸다

선을 넘은 자리에서 넘어졌다 우리, 지금 만나
울음이 골목으로 스며들어 국화꽃 시들지 않은 꽃
잎 아직도 선명하고
은빛 살구 열매를 매달고 서 있던 자리, 호박등이
아직도 환하게 비추고 있다

축제는 사라지지 않는다
푸른 심장 붉은 호흡이 가면을 쓰고 골목을 돌아서
흘러 다니고
모두의 눈동자 깊은 곳에 아직도 살아 있는 숙제를
남기고

아무도 없는 축제장에 마녀 모자가 어둠을 불러오
고 있다

싱싱한 꽃을 피워 올리는 나무였던 기억이 조각되
어 있는
이 땅의 주춧돌, 짝 잃은 신발이 여기저기 흩어져
나무의 몸속으로
수맥처럼 깊이 들어가 있다

은행잎 가로수 길에 내려앉아 노랗게 마르는 10월
의 마지막 주,
열매를 내려놓고 길 위에 앉은 푸른 심장이 새겨놓
은 선을 보았다
오래 서서,

좁은 골목을 빠져나오는 소리를 안전선 안으로 밀
어 넣었다

해가 지는 곳의 뒤축은 무겁다

비만은 발뒤꿈치 같습니다

정상 체중을 벗어난 무게는 내게로 왔던 모든
먹거리들 위에 이빨 자국을 냈습니다
지금은 내 오래전 가벼움에 다시 못 만날 눈금에
내 이름을 씁니다 너무 두꺼운 슬픔이 몸의 일부인 듯
붙어 있습니다 슬픔은 통증이 되어 비대해졌습니다
때로는 첫 통증의 이름을
때로는 아킬레스건을 물었던 뱀의 색깔을
혹은 다리를 높게 올려 붓기를 뺏던 꿀잠 베개 촉
감을
적어 놓기도 했습니다 해 질 무렵 잠깐씩 무통의
바닥을
바라보며 생의 첫 무게를 올려놓은 바람의 행적을
뒤적이며
천천히 따라가 봅니다 새로운 메뉴는 나를 슬프게
합니다
하지만 음식을 거부할 생각은 없습니다
노을처럼 깊어지는 발꿈치가 저물어 가고 있습니다

제 몸보다 무거운 잠깐 지나간 발자국 위에
저주파 마사지기를 붙입니다 잠시 통증을 내려놓
습니다

나의 모든 사진이 웃을 수 없는 비밀은
깨진 대문을 달고 낡은 안쪽을 보일 수 없기 때문
이다

밖에서 앞장서 뜀박질하다
거울을 들여다보면
입술의 무게가 꼬리를 누르고 있었다

어머니는 산비탈 돌담에 돼지우리를 짓고
형제들은 잔밥과 배설물을 담당해야 했다
교복을 빨고 이불을 갈아 널 때마다
마을 4H 학생회 명단에 빠져 있었다

겨울, 언 논에서 썰매 타다
돌잡이 동생을 데리고 놀지 않았다
입술을 지난 자막대기, 대문을 떨구고 갔다
이때 생긴 흉터는 문 안으로 넣어 두었다

산동네 비탈을 파고 파내어

방이 생기고, 수맥을 차고앉은 벽지는
푸른곰팡이가 늘 피어 있었다

사진 속 유년의 시간
축축하게 젖은 벽지 속의 시간
덧붙이고 갈아도 물 위에 앉은,
깨진 대문이 제 입속을 긁으며 피 흘리는데

아무도 깨진 대문을 기억하지 못한다 했다

다른 계절에 만나요

마음의 얼룩이 흐릿해져요

손가락 사이로 빠지는 기억처럼

온종일 내 몸을 갉아먹고 있어요 방문을

열면 마당의 나뭇가지가 눈을 떠요

시간의 주름이 그 나무에 겹겹이 여위어 있어도 봄은

또 와서 꽃눈이 불거져 있어요

햇빛으로 쓸어내도 지워지지 않는

얼룩들이 그 기억이 뒤틀려 문을 닫아요

기울어진 액자처럼 골반이 틀어졌어요

내가 완전하게 당신에게 전달되었다는 소식

우리 사이에 서로 다른 계절을 보내고

고여 있는 중심으로 뿌리를 내렸어요

비틀어진 허리를 세우며 겹겹이 주름진

시간의 얼룩을 지우고 있어요

당신과 나 사이에 다른 계절이 있어요

2부

젖은 땅을 어루만지는 일

시詩를 만들 수 없는

뿌리에 가두어둔 햇살이 줄기를 지나 꽃으로 핀다
먼지 일으켜 세우는 황사 출근길, 벚꽃 잎이 바닥
을 쓸다
바람기둥으로 일어나,
매 발톱 세우는 아침 10시
나무가 자라는 걸 확인하기 위해 바람의 말 들으러
엘리베이터 버튼을 누른다 갇힌 햇살이 꼬리를 흔
들며 마른 가지에 물소리를 둥글게 말아 올린다
꽃잎에 전송된 빛의 무늬가 부드럽다
선글라스를 쓰고부터 색상을 구별하기 힘들어졌다
작고 납작 엎드린 냉이꽃
노란 손수건을 매달아 놓은 산수유꽃
무수한 젖몸살이 길러낸 열매가 부풀었다
바람이 지나간 자리에 잎들이 바늘처럼 돋아난다
모니터를 유심히 쏘아보던 돋보기가 들여다보고
있던 불후의 명곡을 토해내듯
커서를 밀쳐내는 손끝
거꾸로 꽂아 놓은 시집을 뒤적이며 잠깐 훔쳐 온
시어가 모데미풀꽃처럼 깜박이고 있다

어지럼증을 노랗게 소금물에 절여두고
내수동內需洞* 옥빌딩 소금 창고에 간다
그러나 염장해 둔 어젯밤,
빠져 나간 돋보기 알,
거기 아무것도 없다 벚꽃잎에
손수건에 걸어놓은 산수유꽃, 바람의 말이 전하는
황사가 떨어진 꽃잎을 상여처럼 옮기고 있었다
커서를 오래 쏘아보고 있던 돋보기, 충혈된 눈이
뼈를 세우고 있다 속살을 바람에게 내어주고
탄내가 나는 햇살을 정수리에 받아내고
소금 창고 안 투명한 뼈들이 일어서는 동안
제 몸에 딱 맞는 시 하나 만들 수 있다면,
월요일 저녁, 내 안에 들어앉는 순간
명자꽃, 붉은 몸시를 써 속살을 드러내도 좋겠다

* 내수동 : 종로구 내수동

소문을 봉인하다

먼저 도착한 수취인 불명의 소문이 입을 연다

풍문이 꼬리를 물며 골목에서 냄새를 흘렸다
캔들 속 압화押花에서 가지꽃 냄새를 맡는 것
시든 말꽃에 물을 부어 가시를 돋게 하는 것
잔기침으로 새벽을 여는 수세미청

언제부터 저렇게 기웃거렸을까

603호 초인종을 누를까, 1층으로 내려가 문틈에
세대주님 앞으로 배달한다 보이지 않는 당신의 입에
가만히 입술을 포갠 적이 있었다 당신의 혀는 거미
의 실샘,
촘촘히 짜인 거미줄의 진의를 알 수 없었다

봉투를 여는 당신의 손과 실 주머니에 매달린 소문
이 만나 생겨났을 바람의 상처,
불씨를 살피듯 자꾸 들춰본다

상처의 무늬를 핥아낸다
늦게 도착한 헛기침의 아침이
냄새의 꼬리를 걷어낸다

문틈으로 들어오는 수취인 불명의 냄새를 봉인해
둔다

다락방에서

밥 냄새가 데워놓은 온기로 잠든
고래가 지나간 적 없는 방
마지막 날은 고드름 끝자락에 매달려 얼다 녹는다

별들은 격자무늬 창틀에 걸려 넘을 수 없는 방
신음으로 밤을 만지다 혹등고래 울음소리 만나는 날
천장과 지붕 사이에서 보너스처럼 긴 노래를 듣는다

가파른 계단을 오르내려야 하는 한 칸,
비린내가 떠다니는 부엌 천장의 방
노점상 어머니 전대가 자꾸 가벼워지는
이른 봄, 별꽃이 흐드러지게 핀 날

하늘에서 내려와 밥 냄새를 찾는다

온도를 찾아 범퍼로 숨어든 길고양이처럼
몸을 숨긴다 일곱 개의 숟가락을 들어올려야 한다

하늘에 매달린 내일이다

고래를 만나지 않아도 노래를 들을 수 있는,
필름 통에 갇힌 희미한
뜯어진 레이스처럼 남겨진,

비누 거품처럼 눈이 붉어지는,

뒤축이 무너지다

신발을 벗으려는데 양말이 벗겨진다
낯선 자리, 맨발이 앞서 손을 내민다
발등에 있던 마름모 문신이 사라지고
뒤꿈치가 올라와 있다 마냥 헛발질을
해서 헐렁해진 탓이다 신발이 마른
길을 끌어와 올려놓았다 각질을
문지르고 연고를 바른다 덧신을 신는다
신갈나무 잎사귀 바닥에 깔아두고
양말을 집어든다 낡은 집 한 채 들어
올린다 맨발로 오래 걸은 까닭이다
과체중의 생을 내리는 중이다
한쪽 뒤축만 닳아, 멀쩡한 신발창까지
덩달아 따라온다 틀어진 골반을 바로
잡는 것이 시급하다 한쪽으로 치우치고
기울어진 낡은 집에 우물 하나 파 놓고,
마른 길에 물길을 낸다 반듯이 세우고
살아도 무너지기 십상이다 무너진 뒤축을
덧대다 바로 서는 지축을 본다 갈라진
뒤꿈치 사이로 한철이 무너지고

일어서는 땅을 본다

달항아리

- 우물

수면 위로 올라온 달항아리 안는다

물을 많이 마시고 잠이 들었던 밤, 손등으로
올라와 핀 소금꽃, 척추에서 비켜나가 줄을 잇지
못한, 하수관으로 차오르며 물길을 잃어버렸다
손금이 흩어놓은 바닥, 파지처럼 구겨진 주름

부기를 내리지 못하고 빈속을 기웃거린다

턱선을 따라 흘러내린 물길이 달항아리 속을
채운다 눈을 감는다 샘이 마른날, 우물이 깊어
돋보기 너머 보이지 않는 낮달이 뜬다
그림자 속으로 들어가 발톱 숨기는 둥근 밤이
우물 속을 비춘다 가까워질수록 환하다

두통의 밤이다. 해수면이 상승하고 있음을 감지하
는 새벽, 뉴스에서 역류를

대비하라 말한다 불면의 머리를 비우려다 공복을
채운다 하수관을 따라 짠물이 넘치고,
물을 많이 마신 손마디가 욱신거렸다 요실금의 눈
물을 찔끔거렸다

속 시끄러운 편두통의 밤, 비린내 나는 사내를
안는다 빈 뱃속을 출렁거리며 들락거리다
선반 위에서 환하게 웃고 있다

경로를 이탈했다

고라니 한 마리 쓰러졌다 어디로 가야 하는지
경로를 찾지 못했다 고속을 피하지 못해
발자국 남기고 절뚝절뚝 불빛을 따라갔을 느린
걸음, 주말 연속극이 끝나고 귀경하는 차량 행렬
정체 사이로 눈이 내렸다 터널이 밀어낸 산기슭에
겨울나무가 목발을 짚는다 언 뿌리 캐는 송곳니의
시린 입, 뿔 없는 사슴

터치 한 번으로 세상을 여는 앱
단시간 이동 경로를 펼쳐 보이며
업그레이드, 업그레이드 실행을 외친다
길 안내를 할 수 없다 도로는 산이 되고 강이 된다
컴컴한 터널 속, 고속으로 길이 멈춘다
언 땅을 파고 억새 뿌리를 찾는다 고대를 찾는다
암 고라니의 유두 속으로 길을 따라간다

산맥을 따라 절뚝, 도로를 물속에서 건져 놓았다
비린내가 풀어놓은 고대의 지도 해독할 수 없다
꼭지는 네 개, 단서를 하나씩 눌러본다

능선이 잘린 터널 속, 불빛은 연신 턱을 받치고
새길이 생기고 나무가 잘리고 끝내 송곳니 빠지고
어제를 놓친 젖몸살의 고라니,
마른 비린내를 쫓다가 길을 잃었다
정체 사이로 풀어지는 지도 한 장뿐,

11월, 서둘러 저녁을 건너는

네모난 어둠을 가진 저녁은 붉은 입술에 갇히고 미처 잠그지 못한 모과 향 남몰래 천변을 따라나선다 모퉁이를 돌아 인공섬을 점령한 가마우지가 서둘러 오는 저녁을 쫓는다 그런 날은 더 빨리 해를 삼킨다

길이 길을 만든다 저녁이 한꺼번에 몰려드는 휘어진 골목, 오랫동안 휘어져 있어 거북목이라 했다 적외선 빛으로 따개비처럼 달라붙은 고단을 녹이며 무릎 아래로 소통할 수 없는 대사 증후군, 초저녁부터 한 장의 달력에 꼭 달라붙어 있다

이제야 지갑 속 접힌 저녁을 열어 본다 양지리 처음 먹는 날, 냄새를 말아먹다 급체했다 비위를 건드린 내장이 내장을 먹는다 천엽이 되새김질해 놓은 찰진 선지, 급하게 혈 자리를 찾는다 서리 맞은 11월의 저녁을 영수증에 접어둔다 우거지처럼

언젠가 붉어 본 적 있는 가지를 꺾는다
수관을 잠근다 꽃물이 출렁이던 하지

입술이 건조해지기 시작할 즈음 서둘러 립글로스
바르는 저녁, 다시 어두워지기 전 단풍잎 같은 목
도리 두르고
11월의 야윈 다리를 만져본다
서둘러 붉은 입술에 갇힌 저녁을 건넌다

기억을 걷는 시간

구겨진 몸으로 바람을 안을 때마다 그믐달이 떴습니다

빛은 들숨이며 날숨입니다
달의 뒤편에서 벽을 두드리며 확인합니다
붙잡아둔 기억이 왼쪽 눈썹에 오래 머물러 있기를

바람의 무늬에서 사막과 사향고양이가 묻어 둔
커피 열매를 찾아봅니다
꿰어놓은 사진에서 볶은 커피 향이 납니다

녹슨 자물통을 조금씩 닦아내며
남자의 방을 열어 봅니다
새벽을 배회하던 지난날들

바람은 무늬를 지우고 구겨진 몸은 보름달이 되었지요
배꼽에서 꿈틀거리는 흉터의 살점을 문지르며
즐거운 몰락을 견뎌온 과육의 살점을 도려냅니다

좁은 창으로 꽃잎 같은 기억이 한 줄기 들어오면
수척해진 등이 펴지고 뭉툭해진 손톱 끝에서 붉은
꽃이 피고
낮은 천장과 형광등이 깜빡이는 샌드위치 패널 집

마을회관 앞에서 바람의 유적을 찾아 나서지 않아
도 되는 그믐
삼천육백오십 날의 사랑을 돌담 안으로 밀어 넣고
서성이는
사내의 등이 희미하게 저물어 갑니다

바람이 다녀갈 때마다 함께 녹슬어 가는 열쇠 구멍
을 닦는 여자
흉터에서 꽃이 피고 돌담을 바라보다 바람의 길을
냅니다

여전히 그물 사이로 빠져나가는 시간은 그래도 봄
날입니다

풀치 *

강이 함께 흐른다고 했다 그녀의 방에

어둠에 익숙한 그림자 산 8번지 축대에 누워있다
바닥까지 내려온 지붕을 열고 그녀가 들어선다
굳게 다문 이빨로
이곳까지 바다를 물고 와 내려놓는다
머리를 세우고 헤엄을 치던 때부터
물살을 갈랐던 등지느러미 꺾고
흐르고 싶은 곳으로 향한다
낮은 창 아래나 축대를 내려와
넓고 깊은 신작로에 이르러
물 밖 세상을 본다

은백색 피부가 가볍지 않다
꽉 다문 입꼬리 실처럼 살랑이고
풀잎처럼 가느다란 몸이 숨 탄 것이라고
모래 진흙을 헤집어놓는다
무딘 날을 세우며 이빨 자국을 남긴다

물속으로 뛰어든다

길게 드리운 그림자
차도에 누운 사금파리다
물길에서 인 바람이 머리를 세우고 밀려든다
페달을 밟는다 등지느러미 일으켜 부등깃을 세운다

* 풀치 : 갈치 새끼

목격자

하지는 길바닥에 햇살을 늘여놓고
길고양이 죽음을 주차장에 펼쳐 놓고 있다
사무실에서 나온 나는 돋보기를 벗으며
행인의 말을 따라 했다
죽은 거 아니에요?
낮잠을 자고 있던 평온한 얼굴
바퀴 자국은 왼쪽으로 누운 팔다리 위로
무늬를 남기고 달아났다
파리 떼만 사체 위에서 배를 불리고 있었다

왜 사무실 옆 주차장에서 죽음을 목격하게 되었을까
동물보호단체 전화번호를 뒤적이다 마감일을 기억
한다
나는 여백에 첫 시어를 찾아 눈을 고정한다
고양이 죽음을 은폐하고 바퀴의 무늬를 지운다
목격자는 범인 검거가 궁금해 주변을 서성거린다
자는 듯 죽는 게 소원이라는 노인들 말처럼
고양이는 소원을 이룬 것인가

햇살은 정수리에 쏟아지고 바퀴의 지문은 마르고
있다
가만히 다가가 쓰다듬어주고 싶다
길들지 않는 야생의 발톱이 할퀴고 갈까
상처가 목격자의 단서일까 물러서는 한낮
거리의 죽음 앞에 눈으로 애도하는 비겁한 목격

당신을 버리지 않아요

— 사랑초

날개 접은 나비의 잠입니다

햇살을 쫓아 꽃대를 세우고 싱싱해집니다
담장 위에 앉은 길고양이 모습입니다
포갠 날개 사이에 밤을 묶고 떠도는
소문을 재우는 바람에서 신맛이 납니다

털을 세우고 웅크리고 있는 세 잎
빛의 방향으로 기울어 접은 날개 펼치면
심장은 황동그릇처럼 빛이 납니다

당신을 버리지 않아요

등을 기댄 사랑잎 데칼코마니
밤 그림자를 기르며 서 있습니다
기댄 잎들이 주름을 만들어
비행을 준비하는 금속성의 시간

클로버 같지만 움푹 패인 보조개를 가지고 있지요

웅덩이에 고인 암고양이 울음
비린 소문을 물어와 담장을 넘습니다
버릴 수 없는 당신이 바람의 길목을 막습니다

묻어버린 날의 입들이 찰진 갯벌처럼 누워있습니다

저문 날, 햇살을 찾아 나선 길고양이 두 마리
등 기대어 졸고 있는 담 위의 풍경
밤 그림자를 기르는 비린 울음이, 녹슨 밤을 닦고

날개 접은 나비의 잠을 깨웁니다

봄 냄새를 열어 본다

벌레들이 꿈틀거리기 시작한다
천둥소리에 놀라 부드러워지는 흙
식목일 앞서 삽날을 세우고
젖은 땅을 뒤엎는다

북동풍이 동쪽으로 밀어놓은 봄,
계절을 앞서 걸어놓은 옷을 정리하는 사이,
속살을 감싸고 원추리 손을 내민다

산비탈 돌 틈을 빠져나온 바람
냄새가 가까워지면서 무너져 내린다
열리고 순해진 땅을 맨발로 걷는 봄

온몸을 밀어 계절을 건너온 벌레의 주름,
무너져 내리는 속살처럼 생의 절개지,
굽은 등이 잊혀진 봄에서 눈발이 날린다
폰 갤러리에 저장된 사진처럼
살포시 밀어 보는 봄
젖은 몸을 뒤집어 흙냄새를 꺼내본다

이
제
는
,
꼬
리
뼈
의
흔
적
만

수분이 날아간 발가락 사이에 비집고 앉는다 엄지
발가락과 용천 사이, 두터운 반원을 그리고 두꺼운
발톱 속 감춰진 동굴, 차곡차곡 지층을 쌓아놓은 석
회암, 고생대보다 먼저였을 먼지의 껍질, 부서지는 발
톱 위에 누워있다.

바다 전갈 같은 납작한 등딱지로 사이를 막아 놓는
다, 굳은 전갈의 등딱지를 화산암으로 문지른다. 반
원의 동굴, 으깨진 족적을 찾아 발가락에 힘을 모은
다. 굳은살 벗겨내는 버릇은 골반을 틀어 무릎을 접
는 일. 떨어진 석회가루는 동굴 속, 전갈의 꼬리 가시
처럼 독한 냄새가 난다.

화산암 구멍 사이 발바닥 뒤집고 걸어가는 족적,
지층 사이에서 압사되는 마디, 이제는 꼬리뼈의 흔적
만 남았다. 지하수를 따라 내려왔을 발자국들이 족장
에서 튀어나와 출구를 찾는다. 18문 작은 발, 불 속으
로 뛰어들어 화석이 된다. 내게 스며든 물의 유적을
찾다가 발자국 화석을 만난다.

부드러워지다

흙담 위에 올려놓은 기왓장 사이 막대기가
가로로 박혀있다 호밋자루 걸어 비를 피하는데
요긴한 장소다 안마당 텃밭에서 쓰다 걸어두고
담 아래 들깨밭, 우물가 파밭 이런저런 용도
호밋자루 물음표처럼 줄을 서 있다 마른 땅을
긁던 콧날, 곡선으로 부드럽게 윤이 난다

고추 모종 옮겨 심는 날, 물음표의 자루가 빠져
나갔다 오랫동안 입을 닫은 지문이 지장을 찍자
봄이 돌아눕는다 얼마나 많은 뿌리를 캐냈으면
손가락 뿌리에 걸려 넘어질까 관절염의 다리,
밭을 들락거리는 동안 직각으로 굽은 허리
땅에서 가깝다 흙이 무너져 내리고 바람이
무늬를 만든 날, 기왓장을 빠져나간 물음표들
봄날을 내려놓는다

마른 흙으로 뼈를 내리는 어머니 날끼을 세운
뿌리의 날, 비닐을 덮어씌우고 부드럽게
닳은 호미 날처럼 수척해진 다리를 일으킨다

앞서가는 비 뒤로 숨은, 젖은 땅을 어루만진다

뿌리를 옮기던 날

충혼탑 계단 아래 나지막한 동네에 현수막이 걸렸
다, 서점 아들이 일구던 산밭에 민들레꽃 철조망 비
집고 홀씨를 만들고 있다 바람의 무게 버티지 못한
기와지붕 위로 청색 천막을 비집고 풀꽃은 햇살의 방
향으로 고개가 기울었다 공가가 늘어나면서부터 동
네 슈퍼 호박 아래로 소문들이 모여들었다

이주자들 떠난 빈집을 지켜주던 창틀마저 뽑아가
는 철거 차량, 빈집의 이력을 알고 있다 철근의 무게
가 중량을 더해 갈수록 라일락꽃 향기가 깊어진다 노
란 비닐 끈으로 공가를 알리는 문틀 사이로 영산홍
붉은 설움이 타올랐다 슬레이트 지붕, 늙은 호박 넝
쿨 걷어버린 소골안*小谷洞에 버려진 개들이 빈집을
지키고 있다

고층 높이만큼 마당을 내주었다 굴삭기는 잎이 돋
기 시작한 감나무를 넘어뜨렸다 축대 위에 펄럭이는
태극기가 붙박이 자개장처럼 오래 버텨 온 낡은 옷들
을 버리지 못하고 손사래 친다 달빛이 연립주택 가동

옥상에 매달려있고 입구를 지키는 동네 슈퍼 불빛이
설익은 호박꽃 등을 켜는 밤, 마당을 버린 라일락을
옮기듯 뿌리내린 자리를 옮기는,

　충혼탑 아래 출입통제의 골목으로 황사 바람이 무
단출입 중이다

* 소골안小谷洞 : 수리산의 계곡을 따라 서쪽에 형성된 마을.

3부

떠나보내지 않았으나

사이에서 길을 잃다

K의 심장을 만진다 계단을 올라온 숨결이 물을 찾는
다 마중물이 모자라 펌프질은 쉰 목소리다 물길이 느
린 혈관 속, 겉옷을 버린 여자가 울음을 모으고 있다

숙박부 뒤져 본 뒤 맞춰지는 퍼즐 조각, 기억의 화
석층 귀퉁이를 뚝, 부러트려 봐야 단단한 길이 말랑
거릴 수 있다 그래야 동숙同宿의 여자를 만질 수 있다
주방을 나온 여자가 언덕을 안고 새벽을 걸어오는 사
이, 속을 빠져나온 기억의 여자, 촉촉하고 끈적끈적한
숨으로 귀를 데운다

가슴팍을 문대고 문질러도 밀어 올릴 수 없는 신선
맥이다 젖꼭지를 누르며 문을 열라 한다 출구를 찾지
못한 숨이 계단을 내려가며 살을 식힌다

K의 심장을 만진다 상처를 가장하지 않아도 될 만
큼 시간이 걸어왔다 쉼 없이 손을 잡고 놓쳐도 풍화
되지 않는 바람으로 수액을 가득 채운 심장의 결을
만날 수 있다 새벽을 건너온 여자와 아침을 여는 여

자, 그 사이에서

   고혈압의 남자가 청운장靑雲莊 숙박부를 넘기고
있다

슬픔을 읽었다

– 통점

　장문의 편지는 전달되지 않을 것이다. 여자가 자라면서 잘할 수 있는, 슬픔을 읽어 내고 덜어내는 순서를 안다. 수통 가득 채워 놓은 눈물, 마지막 남은 여분은 길 위에 던져 놓는다. 웃음 한 조각, 세상에 매달리는 사금파리, 얼마나 실핏줄이 터져야 지상의 고단을 덜어낼 수 있을까, 목련도 아닌, 자운영도 아니면서 펜촉이 뭉툭해질 때까지 눌러쓰고 있었다.

　엎질러진 날들이 잔금처럼 번져 푸른곰팡이로 피었다. 지상으로 오르려면 낡은 계단 걷는 법을 배워야 한다. 지하에 묻어 둔 햇살, 퍼 올린다. 꽃이 자랄 수 없게 문질러야 한다. 원래 위아래는 한 끗 차이, 여자의 소통 방식, 장문에서 단문으로 변했다. 굳은살 박인 검지손가락, 졸다 흘려 쓴, 해독할 수 없는 글자의 결합, 수년 뒤, 돋보기를 꺼내 쓰고 판독되었다. 슬픔의 모자람과 기쁨의 넘침은 같은 것, 눈물의 존재 방식도 같은 선상에 놓여있지.

너무와 너무의 결합으로 만들어진 통점, 슬픔은 자
라면서 덜어내고 읽는 법을 안다.

생을 박음질하는 4월

상조회사에서 보내온 성복을 입고 영안실로 가는 길
장례식장 지하 계단 옆, 잘 익은 노을이 누워있다
아버지를 향해, 육 남매의 울음이 제 모양으로 흘
러넘쳐
흰 장갑을 낀 장례사의 분장술을 본다
어느새 호실號室을 받아
LED 광고판 순서에 놓인 고인의 이름 석 자

해진 바짓단을 잘라 허기를 재단하신
원단과 색실을 대비시키며 숭덩숭덩 시침질하신다
숙인 고개를 따라가 보면 순식간에 투박한 손가락
이 매듭진
감쪽같은 깡충한 바지, 용케 알아내는 매 눈의 엄마
거침없이 토해 내는 바늘귀에 실을 꿰는 손, 무너
진 축대처럼
짜깁기할 수 없는 아버지 빈집에 새발뜨기를 해 놓
았다

성근 베옷으로 남은 아버지, 네모난 관 속

시침질하다 찔러 놓은 바짓단 같은, 짧은 생이
오동나무 속으로 종소리를 끌어와 박음질한다
솟아오른 정맥을 가로막은, 줄기는 힘을 읽어가고
독기를 버리지 못한 고단이 황달을 불러오는 동안
입들은 저마다의 웃음으로 공그르기를 한다

시계市界를 너머 화장장을 빠져나온 아버지
바짓단을 도려내듯 식구를 덜어내신 가벼운 한 줌
의 뼈
지하방 침상 한 칸을 차지하며 어둠을 가봉해 놓은
아버지
맞춤한 오동나무 관을 버리고 산으로 올라갔다
7부 바지처럼 깡충한 생을 살다간 아버지
곰삭은 바짓단 시침질하듯, 기일을 박음질하는 4월

여기산麗妓山의 아침

들판의 바람이 누운 몸을 일으킨다
잠든 제방 위로 흩날리는 눈의 섶 끝을
여미지 못한 채, 밤새 얼은 물 위에
열리는 아침, 햇살 사이로
서호 저수지 흐르는 물소리는

수초에 걸려 넘어져도 다시 일어서는
물길처럼, 언 땅을 밀어 올리는 겨울 보리
처럼, 우리들의 새날은 빼앗기지 않는다
물 밑으로 고방오리 세차게 자맥질하고
얽힌 뿌리들 서로 기대며 살아간다

여기산 아래 마루 뜰 지나 대유평을
달려온 물길, 천만년 만석을 기원하는
축만제에서 마른 들꽃의 허리를 적신다
청보리 꿈을 꾼다 눈을 비비며 솟아오르는
해의 심장이 날마다 보이지 않게 다가와
언 손 녹인다, 웃자란 12월, 들뜬 날에

보리밟기 해 주고 느슨해진 현의 줄을 팽팽하게
조이는 아침, 잠들지 못하게 하는 서호의 오리
떼 울음, 여기산 아래 마른 들꽃들의 투명한
목소리는 눈처럼 흩날리며 쌓이고, 고만고만한
손끼리 잡은 손 풀지 않으면 불처럼 일어서,
수원水原의 끝자락까지 물의 섶을 휘날리리라

갯벌계곡

발자국을 내기 전까지 말랑한 계곡은 화석이었다

게들이 숨어 있는 구멍으로 팔뚝을 밀어 넣을 때
달의 경전을 덮어두고 알몸으로 빠져나간 바닷물,
손끝을 빠져나가 갯고랑을 끌어와 물길을 만든다

호미 날에 찍힌 화석, 거품을 일으키며 갯고랑에
박힌다 달빛 굽은 곡선에 들어서자 팔딱거리던
파도는 계곡을 만들고 길을 내주었다
파도와 해일이 구멍 속으로 들어가는 동안
갯벌의 계곡은 바다의 지문을 남기고 집게발에
물린 바람의 발자국, 조개껍질 속에 숨겨두었다

달빛이 둥근 몸에 뻘흙을 바르고 들락거리는 파도의
기둥을 만진다 굽이굽이 넘어온 바다의 발자국을
알몸에 찍어둔다 지금, 맨몸으로 드러누운 부드러운
갯벌에 손톱자국을 내고 달아난 바다의 지문을 모
아둔다

덮어놓은 경전을 펴자, 물길이 열리고 바다의 발자
국이
씻겨나간다 달을 닮은 몸에 갯벌의 이야기를 만들고
달빛을 붙잡고 뱃길을 만든다 어느새, 씻은 발자
국에
계곡이 출렁이고 물고 있던 집게발을 푼다

길

통행할 수 없는
흉터는 입을 닫고 있었다

그늘 뒤에 숨어 있는 더위에 대하여
목이 메어 오는, 보고 싶은 얼굴
그리고 8월, 비 내리는 거리에서
모래의 끝자락에 시선을 고정한 채
불쾌의 온도가 내리기를 기다렸다

한참을 생각했다
떠난 이들과 남겨진 이의 내일에 대하여
얽힌 뿌리털의 만남과 헤어짐의 시작점
웃고 있는 여자를 위한 몇 갈래의 바람
겹겹이 접힌 구절초 꽃잎 같은 속 냄새들

떠나보내지 않았으나 곁에 없음으로
비워 놓았다 말했다 그는
눈꽃 필 때 뜨겁던 손, 해의 부리로 쪼아대는
열기에 식어버린 손

누가 먼저인지 모르게 놓아버린

아무 일 없이 밥상 차리는 여자와
가방을 챙겨주는 남자
뒤꿈치에 긴 그림자 따라다니고
냄새를 버린 몸의 무늬 말라가고
가둬놓은 흉터는 지퍼를 열지 않아도
눈물처럼 새어 나오고 기억을 잃은, 발자국

무늬를 찾다 통행금지의 길 하나 삭제하고 있다

길
· 3

시월의 마지막 밤은 뜻 모를 이야기
해독하기 위해 9월부터 공중파를 넘나들고
길 위에서 기다리는 찬바람은
마른 잎을 몰고 다닌다
얼마를 갔을까 하루가 다 가기 전
거짓말처럼 하나의 길이 나타나 바람의
행로를 곧게 내어준다

바람이 일어선다 느티나무 붉은 잎을
벗긴다 매끄러운 속살 들여다보는
자정, 아슬아슬 분침을 넘어서고
눈꺼풀 들어 올리는 10월의 밤이
잠 위로 미끄러질 때
새날의 표정이 몸을 튼다
면 시트 위로 떨어지는 10월의 묵은 변명

언제나 돌아온다던 계절 같은 너를
털어내며 11월의 첫날을 순산한다
다녀간 시월에, 잊혀진 인연에

온전히 마음 등을 밝혀 두 손 모아 본다
공중을 나는 벌새가 부동자세의 11월을 세우고
돋보기 너머 속눈썹 부딪치는 몸시
컵라면 면발 속에서 뼈를 세우는 중이다

지금은 인시寅時, 배꼽시계가 뜻을 풀고 있다

길이 환하다

— 하지정맥

무릎 아래 발등까지 길을 만드는 청어가 산다
등비늘 뒤적이면 지친 발가락과 굽은 길이 보인다
뒤꿈치 갈라지는 소리, 거슬러 오르지 못한 물길
에서
가시를 드러내고 얕은 속내 들키는 청어를 만난다
무리가 지나는 길목은 언제나 정체 구역
브레이크 등이 켜지고, 야윈 두 다리로 심장까지
갈 수 없다
길을 막는다 끌어당기는 무게, 지느러미 유영을 붙
들고
바위틈에 묻어둔 청어알, 발등에서 꿈틀,
깊은 물 속 밀어가는 야윈 엉덩이 살, 까치발을
든다
빈집을 다녀간 햇살의 머리로 못질을 한다
신경 통로가 열리고 달아나는 피돌기 심장을 가격
한다
정체 구역을 벗어난 청어 떼, 겨드랑이 아래로 몰

려 왔다
발등에 불을 켜고 오래 서 있다 어느새
비린내를 끌어와 무릎을 접는다
사이가 환하다

— 용서받은 자

살아서 갈 수 없는 강의 이름을 되뇌인다
날개 돋을 것 같은 크레바스 양어깨와
무거워진 어깨에 대해서도 말했다

깊어지는 수렁, 더 늦기 전, 빛 가운데로 나아가
문밖에서 두드리는 소리를 듣고 새날의
마지막 장을 읽기로 했다 떡을 먹지 않기로
한 날, 돌덩이들이 꼭대기에서 뛰어내리며
말씀으로 살 것이라 했다
떨어지며 구름의 옷을 입은 발등, 크레바스 어깨
위에
눈만 가득 쌓여 시침 끝에 매달린 틈 사이
늘 강 건너에서 서성이는데,
무너지는 한 생이 뒷걸음질 친다
발자국보다 빨리 움직이는 빙하,

꼬이고 삐뚤어져 흐르는 사라진 곳, 흔적이 없다

지나간 발목은 끊어내기로 했다 좋은 씨를 제 밭에
뿌리며, 문을 두드리며, 시작된 폭설로 옛사람을
지우고 이제, 낙타와 바늘구멍에 대해 줄을 친다
눈발이 곤두박인 밥그릇 위에, 햇살을 동여맨
나무 하나 심기로 했다 넘어지고 쓰러져도 푸른
강을
끌어와 무릎에 앉힌다 처음과 마지막의
어둠 속에서 펴놓은 두루마리를 읽는다

으아리꽃

납작납작 펼친 남자의 속내를 들여다본다
오른쪽 상단 문을 가볍게 두드리면 열지 않아도
알 수 있는 시그니처 냉장고처럼 투명한 심장을

흙투성이 맨발을 숨기려고 덧신을 신지
꽃을 감추려 꽃잎을 버렸지
가쁜 숨이 펼쳐 놓은 헛꽃의 사내

꽃 속내를 감추고 벌 나비를 부르는
꽃받침의 십자가인지 점차 투명 창이 되어가는
사내의 내부는 두드리면 보인다

땅속에 단단히 박힌 국숫발 뿌리를 말린다
부풀어 올라도 씨앗 잃은 무생식의 초식남
담을 넘어 얽히는 덩굴손, 숫 냄새를 감춘다
남자의 공허한 내부가 전광판처럼 드러난다
한 번도 깃털 속 암술을 만나지 못한
충혈된 밤을 열어놓은 숨 가쁜 헛꽃 사내
다가가면 열어주고 환하게 보여주는

그 남자의 매직 스페이스를 노크한다

크
로
키

— 갤러리 주점

기둥이 세워진 가게에 촘촘히 도화지를
채운 남자의 크로키가 붙어 있다
햇살이 성벽을 넘을 때까지 냄비에
불을 켜지 않고 코다리를 가둬두고 있다

젓가락이 들어 올린 바다의 비린내가
익어갈 때 줄무늬 옆구리를 드러내고
성벽에 걸린 햇살을 쬐며
아래턱을 활짝 열어 싸리나무를 삼킨다

눈보라와 봄바람이 입속을 얼마나
지나갔을지 명태는 처음 지나간
바람의 냄새를 기억한다 덕대에 매달린
시린 옆구리 갈색 세로줄 무늬가 자라고 있다

버릇처럼 벌린 입을 닫지 못하고 잠들었던
관태의 등지느러미를 떼어내고 은백색

뱃살을 삼킨다 출처 없는 이야기가 넘치고
비지찌개 속 김치가 싱싱하게 씹히는 시간
드럼통 식탁처럼 성별도 둥글어간다

남자의 어깨가 도화지에 가득 차 기둥을
넘어뜨릴 때 누운 기둥 근처로 모여든다
명태 알이 끌어온 겨울 바다 덕대에 걸어
뜨거운 내장 식힌다 사라진 인파,

내일을 밟고 지나가는 그림자, 기둥을
채운 남자의 크로키 전시장을 잃은 화가
2대, 불안한 생계와 도화지 속 사이에서
마음만으로 도와주려던 핑계였다가 결국에
설익은 시詩하나 만들고, 부풀려진 뱃속을
명태 알이 유영하고 있다

환절기

하오고개*를 넘는다. 3월, 넘긴 달력에 종일 봄비 내린다. 언 땅에 스미는 빗물 뿌리를 흔든다. 물방울 매달고 도착한 카페랄로, 운중농원 위에서 내려다본다. 그 위로 외곽순환로가 달린다. 옥상정원에서 누군가 밟은 꽃다지, 저수지 둑방 위에 주저앉는다. 방석잎을 펼쳐놓고 쉬어 가라 재촉한다. 바지에 물들인 얼룩, 물을 비운 저수지에 갈라진 뒤꿈치, 소리를 잃은 물오리가 물 밖에서 서성인다.

지나간 계절처럼 비린내를 물고 달아나는 남자가 약속처럼 생채기를 만든다. 머리를 콕콕 찌르는 과부하의 편두통, 연초록 꽃다지 있는 둑방에 냉이꽃이 핀다. 이른 봄을 맨발로 마중 나가는, 오지랖이었다. 몸살을 연신 달고 사는 그녀의 목덜미에 거북이 알이 부화하고 있었다. 밤마다 거북목을 들어 올렸다 넣었다 젖은 모래를 파헤치던 이 계절의 손톱이 보름달처럼 차올랐다. 그녀는 부화한 봄을 빗줄기에 가두고 울었다.

둑방을 도는 바람이 꽃다지 방석잎을 뜯어내자 뿌리를 밀고 올라오는 한 무리의 냉이꽃이 운중저수지를 가르며 카페랄로 유리창에 핀다. 젖은 이불 속에서 쿨럭, 맨발의 봄을 앓는다. 하오고개를 넘어온 바람이 묘비를 쓰러트리는 밤, 열일곱 살 그녀의 봄날을 건너는 청계산 공동묘지, 이장移葬한 할아버지 턱수염처럼 전조등을 켜고 앞서가는 계절을 더듬거리고 있다.

* 하오고개 : 의왕시 청계동과 성남시 분당구 운중동 사이의 고개.

4부

닦아내도 얼룩지는 기억

나무로 자라는 물

얼굴들이 눈물을 흘려 나무가 뚜껑을 열고 일어난다
눈물의 모서리는 사금파리가 되어, 조문객과 마주
선다
더 이상 눈물샘이 퍼 올릴 수 없다는 신호를
오동나무 꽃 등불 켜고 서 있다 숨의 매듭
옹이를 만져보며 모두는 연해진다

껍질을 층층이 올리는 나무의 속살 차오르는
나이테를 헤아리며 뿌리를 심는 나무,
이끼의 여름을 지나 물을 버리고 벌린 손을
내려놓을 때, 매듭을 만들며 호상이라 말했다
솟구치며 흘러나오는 오동나무 수액

국화 한 송이를 들어 축축했을 여름날에 분양
한다 상주의 눈물에 담백한 물기가 매달려있다
조문객 명단에 꾹꾹 눌러썼다 먹물이 눈물로
되어간다 호상好喪을 호상胡商으로 쓴다
꺼이꺼이 목젖을 타고 오르는 턱살의 나이테에 걸려,
상조회 가입이 이득인지 헤아려본다

수액이 흘러 관뚜껑이 닫히지 않는 오동나무
나무속에서 물길을 만드는 숨의 매듭

불통의 사내

사내가 앉았다 떠난 자리, 놓친 발자국을 쫓는다

태풍이 지난 자리, 직격탄의 흔적이 널브러져 있다
발등을 향해 정면으로 관통해 간 뿌리 발톱을 드러
내고 있다
흉터를 남기지 않는, 사내의 수법이다
지나간 자리가 수선할 뿐이다
흔들리는 가지를 뿌리에 묶어두고 싶은
숲은 밤 내내 바람을 재우려 냄새를 지운다
발톱을 드러낸 뿌리가 나무의 저항이라면
꺾인 가지는 나무가 파고 들어갈 수 없는 바람의
불통 때문이다

나무는 가지 끝에 연두를 밀어 올린다
나무껍질에 걸린 절박이 가파르게 붙어 있다
숲은 한 번도 바람의 언어를 해독해 본 적이 없는,
혼잣말을 한다
수리개*를 타고 산맥을 넘는 나무
해마다 뿌리 발톱을 드러내는 앙칼진,

여전히 젖은 발등을 내밀고 불통의 사내를 기다린다

* 수리개 : 2021년 발생한 태풍, 솔개의 북한어.

기억의 오류

　낡은 일기장 퇴적층 사이에서 바람의 유적을 찾는다

　가벼워지는 기억들에 통행금지의 방벽 앞에서 넘어설 수 없는 암석, 이제는 입자의 크기와 구조를 구별하지 않는 허물어지는 바람의 무늬를 바라본다

　흐린 필체에서 협곡에 갇힌 동물의 화석, 불통의 공중전화는 일기장을 빠져나와 눅눅해진 바람의 지문을 지운다 먼 곳에서 보았기 때문에 언제나 아름다웠다 펜촉이 스물넷의 여름을 찌르고 정당방위를 주장한다 음악다방 뮤직박스에 밀어 넣은 wonderful tonight (Eric Clapton) 리듬에 까치발을 들고 한여름 밤의 열기를 식힌다 이제 서로의 안부를 묻지 않았다

　언젠가 기억의 일부가 오류였다는 방사성 탄소측정 결과가 나왔을 때, 떠난 자들은 다시 돌아오지 않는다는, 돌아오지 못할 시간을 모래시계에 가두고 바람의 무늬를 찾는다 다 하지 못한 말들이 층층이 쌓여 얼룩으로 핀다

닦아내어도 자꾸 얼룩지는 기억, 그가 오래전 툭
던진 말

아버지의 내력

처음부터 코끼리 조련사가 꿈은 아니다

양손 가득 호스를 움켜쥐고
출렁이는 분뇨를 탱크에 채우던
선잠의 해를 일으켜 세우던
아버지는 정화조 환경미화원이다

간척지가 삼켜버린 용두리 전답, 도시의 일용직 노
동자로 새벽잠 내주고
개펄에 튀어 오르는 망둥이, 아버지의 화병처럼 불
뚝거렸다 손끝이 갈라진
슬픔을 고무장갑 안에 숨기고 코끼리가 건져낸 청
동 동전, 발굴작업은 어린
형제들의 몫이었다 검푸른 동전이 은갈치 꼬리로
빛날 때 새 공책이 생기고
주전부리를 살 수 있었다

간척지를 잃은 소금기의 아버지
수로에서 간기를 빼낼 수 없어

물길이 멈췄다

석문방조제 위에서 국화도를 바라보았다
섬으로 오가는 여객선이 출항하면
섬에 우물을 파주고 싶었던 아버지
유채꽃을 분뇨차에 장식하고
배설하지 못한 방광에서 소금꽃이 피었다

빈
집

햇살을 턱에 괴고 바람이 주춤거리는 봄이었다
배추 겉잎을 따라 애벌레 허기를 깎는다

감기는 눈을 씻으며 처지는 걸음 당겨주었다
빈 젖의 어머니 애벌레의 말린 몸속에 풀물이
가득 채워질 때 보리밭 냉이꽃 하얗게 익어갔다

푸른 잎을 갉아 먹는데 피를 토한다 나무껍질 속
으로
숨어 먹지 않고 움직이지 않으며 번데기로 살기로
했다
껍질 속 세상에서 물렁한 뼈를 만들고 느지감치 세
상 밖으로
나온 번데기, 어머니의 빈 젖은 여전히 불지 않았다

시장에 던져 놓은 배추 겉잎처럼 어머니의 생은 늘
파장이었다
날개를 만드는 동안 어머니는 돼지 곱창 같은 구불
구불 굴곡을

넘어왔다 시를 토해 낼 때까지, 굽은 손을 노래하
지 못하고
잎맥만 남기고 봄을 폭식하는 동안 빈 젖을 갉아먹
는 좀나방이었다

배추 속살이 노랗게 떠 있는 효병원 침상엔
밤마다 달을 깎아 내고 계시는 어머니가 어리굴젓
이 먹고 싶다 했다

날
아
오
르
다

　반닫이를 여닫는다 나무에 앉아있는 나비를 본다
날개를 접었다 펼칠 때마다 가루를 털어낸다 지문 자
국이 늘어날수록 잇몸은 헐렁해지고, 햇살을 모아 부
전나비가 되고 호랑나비가 되는, 물 위에 앉아 날개
를 털어낸다 겹겹의 구멍 속에 햇살을 모아두었다

　윤달에 꺼내본다 반닫이 속 수의를 날개처럼 펼치
는 구순 넘으신 시어머니, 얇은 삼베옷을 채곡채곡
넣어둔다 잇몸을 겉도는 틀니처럼 나비경첩이 헐렁
하다 푸른 잎을 먹고 빨대를 땅에 꽂아, 실을 토해 내
는 애벌레, 제 몸을 얽어 다시 껍질 속으로 들어간다

　백 년이 다 된 가벼운 몸에서 비늘이 묻어난다 오
래전에 농 안으로 들어간 나비가 웃고 있다

봄 냄새를 열어 본다

벌레들이 꿈틀거리기 시작하자
천둥소리에 놀라 부드러워지는 흙
식목일 앞서 삽날을 세우고
젖은 땅을 뒤엎는다

북동풍이 동쪽으로 밀어놓은 봄,
계절을 앞서 걸어놓은 옷을 정리하는 사이,
속살을 감싸고 원추리 손을 내민다

산비탈 돌 틈을 빠져나온 바람
냄새가 가까워지며 무너져 내린다
순해진 열린 땅을 맨발로 걷는 봄

온몸을 밀어 계절을 건너온 벌레의 주름,
무너져 내리는 속살처럼 생의 절개지,
굽은 등이 잊혀진 봄에서 눈발이 날린다
폰 갤러리에 저장된 사진처럼
살포시 밀어 보는 봄
젖은 몸을 뒤집어 흙냄새를 꺼내본다

우산을 접고 돌아온다던

    우산을 접고 돌아온다던 사람은 끝내 오지 않았다.
비 오는 날마다 거리에서 서성거렸고 오늘의 날씨를
검색하는 버릇이 생겼다. 빗소리 들을 때마다 내 머
리 위에 우산을 받쳐주던 그가 오는 듯했다. 빗방울
자국을 문신처럼 새기며 깊이 패인 내 중심이 사막
처럼 말라갈 때, 구름을 몰고 떠난 이, 뒷모습이 낙타
등처럼 출렁거렸다. 사막을 헤매는 동안 여전히 너는
우물을 만들며 고비사막을 건너고 있었다. 아니, 하
얼빈의 거센 바람을 받고 있었다. 나는 말라가는데
사람은 떠나던 그날의 싱싱함으로 이별하던 변성기
의 목젖을 간직한 채, 나보다 여린 봄잎의 여자를 받
쳐 쓰고, 내 등뼈는 활처럼 휘어져 내 허리를 우산처
럼 펼쳐 보지만, 뒷날 우산이 녹슬고 나면 척추의 간
격은 무참히 일그러지고, 얼마나 울어야 나는 그의
우산을 접을 수 있을까. 비는 겨울에, 아침에, 여름에
오고 그치지만, 우산을 접고 내 안에 돌아오는 사람
은 없었다. 비가 내리는 날이면 우산을 접고 거리를
서성이지만, 우산을 받쳐주는 사람이 없었다.

다시, 당진

신례원에 도착하자 차창에 붙인 눈을 내려놓았다
철길을 끌고 온 기차, 숨 고르는 등이 휘어져 있다
예당저수지 어죽을 먹었다 풋사과 떨구고 간
바람의 자리에 앉아본다
언덕 위에서 커피 향을 쫓아
물 위를 걸었다 그 시선 끝에
철길에 두고 온 유년이 있었다
사진틀에 갇힌 옹색한 이력은, 지우려 해도
지울 수 없다
산 8번지 축대 높이만큼 넘을 수 없는, 경계
내일은 평행선을 만들며 침목을 붙잡고 있었다
입석으로 가득 찬 장항선 비둘기호, 귀로 읽어주
시던 친정엄마의,
신리원에서 내려야 버스가 대기하고 있다
외목마을 가다 알았다, 철강회사 건너
들판 한가운데 산모퉁이
외딴집이 출생지다 본적을 경기도로 바꾼 날,
망둥어 튀는
갯벌과 물뱀처럼 긴 논둑길,

당진은 매립지였다

40여 년 귀로 읽는 엄마의 지도에서 걸어 본 길

당숙이 사는 장광은,

장고항이고 실치 먹던 생길포는 삼길포다

철길 위에 떨어지는 오물처럼

매립지의 남루가 서해대교를 달린다

송학 나들목을 나오면서 보았다

장고항은 장광이다

바람의 모서리 지나간 자리

실핏줄을 팽팽히 당겨본다 지워야 할 무늬가 많은 사내의 무릎 일으켜 세우듯 안개비 내리는 새벽, 울음 삼키는 바람의 모서리에 눈이 찔리고 강이 되어 흐른다

어떤 이는 지문을 남기고 집을 세운다 누군가는 흐린 발자국에 먹물을 엎지른다 조심조심 굳은 관절 세워보지만 여러 날 접어 둔 책갈피를 화인처럼 들추어내는 아침, 혹시나, 혹시나 역시, 모세혈관이 길을 잃고 붉은 길을 만든다

들숨이 꽈리를 부풀리는 초저녁, 날숨의 꼬리 경계의 철조망을 넘지 못하고 바람의 흉터를 남긴다 한번 더 눈을 찔린다 검색어 순위에 고정된 눈동자 인공 눈물을 넣어야 깜빡거린다

졸혼과 이혼 사이 저울질하며 경계의 너머를 생각해 본다 새살이 차오르기 시작하고, 흐리게 흉터를 지우며 모서리각을 낮추는, 눈 안에 갇힌 사내 접은 무릎 세우며 붉은 길을 절뚝거리며 출구를 찾는다

해설

또 다른 계절의 꿈

차성환 (시인, 한양대 겸임교수)

신경숙 시인은 세상에 놓여있는 고통의 자리를 섬세하게 바라본다. "울음 삼키는 바람의 모서리"(「바람의 모서리 지나간 자리」)를 일별하고 "눈물의 존재 방식"(「슬픔을 읽었다-통점」)에 대해 탐구한다. 살아있는 존재들이 죽음으로 소멸하는 과정을 겪을 때 그들의 고통과 신음을 찬찬히 보듬고 돌본다. 시인 스스로 자기 몫의 생을 앓으면서 "신음으로 밤을 만지다 혹등고래 울음소리 만나는 날"(「다락방에서」)을 기록하고 이를 "제 몸에 딱 맞는 시 하나"(「시詩를 만들 수 없는」)로 만들기 위해 언어를 고르고 고른다. 그가 타자의 아픔과 공명하는 능력은 가령 다음과 같다. "저녁을 삼키는 달의 늑골이 욱신거린다"(「꽃차를 마시는 저녁, 달의 배꼽을 만진다」). 세상의 모든 사물이 아픔과 상처를 품고 세상에 놓여있다면 우리는 이들을 어떻게 품어야 할까.

등뼈를 구부린 그믐달이 그물에 걸려 있었다

가장 가벼운 몸으로, 썩은 나무의 등걸 같은
척추의 계곡을 지나 한 걸음도 걸을 수 없는
너무 깊은 곳에 뿌리를 내린 210호 병실 침상
그물을 뚫고 어디가 출구인지 알 수 없는
달아버린 달의 옆구리를 만진다

어둠 속에서 죽은 아버지가 살아 나올 것 같은
삼길포에 빠진 비린 달을 건진다
돌아오지 않는 거라고 물을 버리지 못해 설마,
엄마는 그믐밤마다 정화수를 떠놓았다
갈퀴 같은 굽은 손으로 그물을 던진다
그물에 걸리는 것은 유채꽃뿐

빈 껍데기 속을 들락거리는 아홉 형제를 머리에 이고
후들거리는 다리를 끌어 솔잎을 긁어 파는 맏딸
어린 동생을 살리려고 부뚜막에 올라가 죽을 끓이는
이젠 요양원 침상에 깊은 뿌리를 내렸다

달이 야위어 가는 밤이면

어머니는 그물을 던지러 침상을 내려와

삼길포에 빠진 달을 건지러 간다

뒤돌아보니 어머니 발자국마다 내가 달의 옆구리를

만지고 있다

- 「달이 야위어 간다」 전문

   지금은 그믐달의 시간이다. 보름달이었을 때 밤하늘을 가
득 채우던 충만한 빛은 점점 쇠락해가고 주변이 모두 어둠
속에 잠기는 그믐의 시간. 사람으로 치면 젊었을 때 강렬하
게 뿜어내던 생의 기운이 서서히 잦아들고 이제 죽음을 준
비하는 시간이다. "달이 야위어 가는 밤"은 "어머니"가 서서
히 힘이 빠져 죽음으로 가는 밤이다. "어머니"는 "썩은 나무
의 등걸 같은" "가장 가벼운 몸으로" "요양원 침상에 깊은
뿌리를 내"려 "한 걸음도 걸을 수 없는" 상태이다. 허리가
구부러진 채 "요양원 침상"에 묶여있는 것처럼 보이는 "어
머니"의 형상은 마치 "등뼈를 구부린 그믐달이 그물에 걸
려 있"는 이미지와 오버랩 된다. '나'는 살집이 빠져서 앙상

해진 "어머니"/"달"의 "옆구리"를 어루만지면서 그녀가 걸어온 삶의 시간을 반추해본다. "그믐밤마다 정화수를 떠놓"고 "죽은 아버지"가 "돌아오지 않는 거라고" 믿고 다시 살아 돌아오게 해달라고 비는 "엄마". "아홉 형제를 머리에 이고/ 후들거리는 다리를 끌어 솔잎을 긁어 파는 맏딸"로 살아온 "엄마". 그런 "엄마"가 "요양원 침상"에 묶인 상태에서 계속 "그물을 던지러 침상을 내려와/ 삼길포에 빠진 달을 건지러" 가는 것은 그 "달"을 건져서 "아버지"의 죽음을 막으려는 간절함 때문이다. "삼길포에 빠진 비린 달"은 분명 "아버지"의 죽음과 연관된 기억으로 보인다. 그리고 이제는 "어머니" 자신이 "삼길포에 빠진 달"이 되어 가고 있는 것이다. 마지막 연에서, '나'는 그 "삼길포"라는 죽음의 바다로 가는 "어머니"의 "발자국"을 따라가면서 "그믐달"이 되어 점점 사라져가는 "어머니"의 "옆구리"를 쓰다듬고 있다. 여기서 "삼길포"는 그리스 신화에서 저승을 둘러싸고 흐르는 스틱스(Styx)강처럼 죽음과 재생을 상징하는 장소로 나타난다. 시인의 기억 속에 있는 장소, 충남 서산에 있는 "삼길포"를 죽음과 관련된 개인적 상징으로 변주해 낸 것이다. 우리는 모두 어둠 속에 놓인 "삼길포", 곧 죽음으로 스러질 것이다. "그믐달"로 화한 "아버지"가, 그

리고 "어머니"가 "삼길포"에 빠져 죽음에 잠식당할 때, 우
리는 그 죽어가는 육체의 형해(形骸)를 위로하듯이 쓰다듬
는 일밖에 할 수 없다. 시 「빈집」에서도 "효병원"에 누워계
신 "빈 젖의 어머니"를 떠올리며 "시장에 던져 놓은 배추
겉잎처럼 어머니의 생은 늘 파장이었다"고 말한다. 죽음을
가까이에 둔 "어머니" 앞에서 그 "어머니"의 흔적과 기억
을 더듬는 일은 슬프고 애처롭다.

　　처음부터 코끼리 조련사가 꿈은 아니다

　　양손 가득 호스를 움켜쥐고
　　출렁이는 분뇨를 탱크에 채우던
　　선잠의 해를 일으켜 세우던
　　아버지는 정화조 환경미화원이다

　　간척지가 삼켜버린 용두리 전답, 도시의 일용직 노동
　　자로 새벽잠 내주고
　　개펄에 튀어 오르는 망둥이, 아버지의 화병처럼 불뚝
　　거렸다 손끝이 갈라진
　　슬픔을 고무장갑 안에 숨기고 코끼리가 건져낸 청동

동전, 발굴작업은 어린

형제들의 몫이었다 검푸른 동전이 은갈치 꼬리로 빛

날 때 새 공책이 생기고

주전부리를 살 수 있었다

간척지를 잃은 소금기의 아버지

수로에서 간기를 빼낼 수 없어

물길이 멈췄다

석문방조제 위에서 국화도를 바라보았다

섬으로 오가는 여객선이 출항하면

섬에 우물을 파주고 싶었던 아버지

유채꽃을 분뇨차에 장식하고

배설하지 못한 방광에서 소금꽃이 피었다

- 「아버지의 내력」 전문

'나'는 "정화조 환경미화원"이었던 "아버지"를 기억한다.
"아버지"가 건강했던 시절에는 분뇨 탱크와 연결된 호스
를 이리저리 휘두르는 모습이 마치 "코끼리 조련사"와 같

앉던 모양이다. 가정 형편에 큰 어려움이 생겼는지 "간척지가 삼켜버린 용두리 전답" 앞에서 "아버지"는 "화병"이 생기고 혼자서 "손끝이 갈라진 슬픔"을 오롯이 감당해야 했다. 아버지의 힘든 노동이 가족의 생계를 책임지고 어린 자식들의 "새 공책"과 "주전부리"를 챙겨줄 수 있었던 것이다. 그러나 지금의 "아버지"는 몸의 "물길"이 막혀서 "배설하지 못한 방광에서 소금꽃이 피"는 병을 얻게 된다. '나'는 몸져 누운 "아버지"의 생애를 애틋하게 반추하고 있다.

실제 국화가 많이 펴서 섬의 이름이 붙여졌다는, 화성시의 해상에 있는 "국화도"는 "아버지"와 연관된 기억을 불러일으킨다. "아버지"가 병상에 있기 전에는 그 "섬에 우물을 파주고 싶"어했기 때문이다. 그것이 "아버지"가 이루고 싶었던 "꿈"이었을까. 섬마을 사람들에게 맑은 우물물을 마시게 해주는 것. 자신의 "꿈"을 뒤로하고 가족의 생계를 책임져야 했던 "아버지"의 무게는 버거웠을 것이다. 어찌 보면 시인의 일이란 사람들에게 맑고 청명한 우물물과 같은 시詩를 내어주는 것이 아닐까. 세상에서 얻은 갈증을 해소할 수 있는 물 한잔 같은 시詩. "아버지"의 꿈이 시인에게 이어진 줄도 모르겠다. "유채꽃"은 "아버지"가 생전에 유난히 좋아했던 꽃으로 보인다. 시 「달이 야위어 간다」에서도 아버지

의 죽음과 관련해서 "유채꽃"이 등장한다. 이 시에서 "유채
꽃을 분뇨차에 장식"했다는 표현을 통해 "아버지"의 죽음을
암시하는 동시에 "아버지"가 끌고 다니던 "분뇨차"를 "코끼
리"에서 상여(喪輿)의 이미지로 변주해낸다.

　인간이 태어나서 다른 이의 죽음을 가까이에서 경험하게
되는 경우는 보통 가족을 통해서이다. 가족들이 함께 나눈
시간들은 그들을 서로에게 특별한 존재로 만들어준다. 태
어남과 죽음 사이에 촘촘하게 채워진 서로의 얼굴 표정과
말, 감정들은 서로에게 공유되면서 지상에서 그들만의 유일
무이한 공동체로 자리잡을 수 있게 한다. 신경숙 시인은 가
족의 죽음 앞에서 덧없이 사라지는 내밀한 기억과 흔적을
붙들어 시(詩)에 부려놓는다. 사랑하는 죽은 이를 더 잘 기
억하고 오래 가슴에 묻기 위함이다. 오래오래 애도하고 슬
퍼하고 사랑하기 위함이다. 지금과는 다른 계절에서의 재회
를 꿈꾸기 위함이다.

　　깊이를 알 수 없는 섬 하나, 선재리에 있다

　　물길은 방파제에 제 몸을 던진다
　　갯벌계곡을 거칠게 삼켜버린다 질퍽한

오늘이 뻘밭에 빠진다 저 물길 앞에
몸이 얼마나 깊은지 항구는 알지 못했다

갯벌에 들어선다 하루를 시작하는
찰진 생들이 거품을 올린다
구멍 속 생들이 내일을 뻘밭에 묻어 놓는다

낚싯배가 서둘러 포구에 돌아오는 시간
갯벌계곡을 빠져나온 사람들 서둘러
장화를 널어놓는다 소금처럼 간간해진
발등 위로, 영흥대교를 달려가는 해넘이
뻘다방 햇빛 가림막이 다 가리지 못해
손등으로 가려보는 붉은 노을

물길을 재 본다, 깊이를 가늠할 수 없다

뻘배를 밀어 서두르다 달빛에 갇힌
상처를 물살에 흔들어 본다
오늘을 침몰시킨 별빛이 목섬으로 달아난다

찰진 생들이 거품을 게워내는 동안
가늠할 수 없는 몸의 깊이를 재어 본다
파도가 갯벌에 무늬를 남겨놓고 달아난다

하쿠나 마타타 뻘다방 지붕 위로

－「측도測島」전문

　신경숙의 시집 『다른 계절에 만나요』에는 물에 대한 상
상력이 두드러진다. 특히 바다는 죽음과 재생의 이미지이
자 바닷가 사람들에게는 생生의 실존적 터전이 되는 곳이기
도 하다. 바다에서의 일과가 끝이 나고 육지의 "포구"로 복
귀하는 "낚싯배"와, "영흥대교를 달려가는 해넘이"의 "붉은
노을"이 있는 바다. 어두워가는 하늘에 서서히 나타나기 시
작하는 "별빛". 그리고 바다의 "찰진 생들이 거품을 올"리고
"게워내는" 모습을 물끄러미 바라보는 시인이 눈에 선하다.
　인천시 옹진군 영흥면에는 "선재리"와 연결된 작은 섬인
"측도測島"가 있다. 섬 주변의 수심이 깊고 맑아서 눈으로
측량할 수 없다고 하여 섬 이름을 '측도'라고 지은 것이다.
"물길"을 재 보지만 "깊이를 가늠할 수 없"는 바다. "파도"

도 닿을 수 없는 "깊이"이기에 "갯벌"에 수수께끼 같은 "무
늬"만 남기고 달아난다. 시인은 이 알 수 없는 생의 "깊이"
와 "무늬"를 찬찬히 가늠하고 해독하는 자이다. 그 무늬를
기억하는 자이다. 이 생의 터전에는 무수한 "상처"가 있을
것이다. 그리고 우리가 살아가는 삶의 깊이가 여기에 있다.
삶은 측량하는 것이 아니라 몸으로 겪어내는 것이다. 저 먼
바다에 몸을 던지고 거친 "물길"을 헤쳐가며 살아가는 것이
다. "하쿠나 마타타". 모든 것이 잘 되어간다. 문제없다. 세
상은 거친 파도와 알 수 없는 "내일"로 채워져 있지만 우리
의 삶은 지치지 않고 계속되리라. 하루하루가 지고 천천히
소멸하지만 우리는 이 시간들을 기쁘게 마주하리라. 시인
은 해가 지는 바다의 풍경 앞에서 생生에 대한 무한한 긍정
으로 화답한다. 저 바다의 '측도測島'와 같이, 우리는 측량할
수 없는 생의 비의(悲意)를 마주하면서 거친 파도를 온몸으
로 받아내며 꿋꿋하게 자기 자리를 지켜내야 한다. 황혼 녘
의 바다를 바라볼 때마다 우리는 이제 '측도測島'를 떠올리
게 될 것이다.

　신경숙 시인의 시선은 낡고 부서지고 쇠락해가는 사물들
을 향하고 있다. 더 이상 이 계절을 버틸 수 없는 생生을 애

도하고 빈집과 껍데기로 남은 장소를 애정 어린 눈으로 바라본다. 사라지는 지금의 순간을 기억하고 기록하지 않으면 그들은 모두 흩어져 사라진다. 시인이 바라본 것들은 시인의 마음속에 움을 트고 한 편의 시(詩)로 피어난다. 그의 시를 읽으면 시인이 바라본 것들이 다시 우리의 마음속에 옮겨 심어진다. 따스한 희망이란 이름으로.

충혼탑 계단 아래 나지막한 동네에 현수막이 걸렸다, 서점 아들이 일구던 산밭에 민들레꽃 철조망 비집고 홀씨를 만들고 있다 바람의 무게 버티지 못한 기와지붕 위로 청색 천막을 비집고 풀꽃은 햇살의 방향으로 고개가 기울었다 공가가 늘어나면서부터 동네 슈퍼 호박 아래로 소문들이 모여들었다

이주자들 떠난 빈집을 지켜주던 창틀마저 뽑아가는 철거 차량, 빈집의 이력을 알고 있다 철근의 무게가 중량을 더해 갈수록 라일락꽃 향기가 깊어진다 노란 비닐 끈으로 공가를 알리는 문틀 사이로 영산홍 붉은 설움이 타올랐다 슬레이트 지붕, 늙은 호박 넝쿨 걷어버린 소골안*小谷洞에 버려진 개들이 빈집을 지키고 있다

고층 높이만큼 마당을 내주었다 굴삭기는 잎이 돋기
시작한 감나무를 넘어뜨렸다 축대 위에 펄럭이는 태
극기가 붙박이 자개장처럼 오래 버텨 온 낡은 옷들을
버리지 못하고 손사래 친다 달빛이 연립주택 가동 옥
상에 매달려있고 입구를 지키는 동네 슈퍼 불빛이 설
익은 호박꽃 등을 켜는 밤, 마당을 버린 라일락을 옮
기듯 뿌리내린 자리를 옮기는,

충혼탑 아래 출입통제의 골목으로 황사 바람이 무단
출입 중이다

– 「뿌리를 옮기던 날」 전문

　이 시는 안양시 수리산 인근에 있는 소골안 철거촌의 풍
경을 담아내고 있다. "이주자들 떠난 빈집"들 사이에는 "라
일락꽃 향기"와 "영산홍 붉은 설움"이 있기에 철거 현장은
더 비극적으로 느껴진다. 빈집들 틈에 남아있는 꽃들은 더
화려하고 아름답지만 이들을 봐줄 사람들은 떠나고 없고
"버려진 개들"만 있는 것이다. "철거 차량"이 "빈집"의 "창
틀마저 뽑아가"고 "굴삭기는 잎이 돋기 시작한 감나무를 넘

어뜨"린다. 이곳에 살던 사람들이 떠나듯이 마을을 지키던 집과 식물들도 떠나야 하는 것이다. 빈집만 남은 채 "출입 통제"된 골목에 부는 "황사 바람"은 철거촌의 황량함을 더한다. 그러나 중요한 것은 제목이 말하듯이, 철거촌의 황량한 풍경들은 그곳에 살던 자들이 생의 터전을 잃게 되는 안타까움을 마주하고 있지만 그들은 뿌리 뽑히는 것이 아니라 뿌리를 옮기는 거라는 사실이다. 이곳에서의 생은 잠시 중단되지만 다른 곳에서 우리의 생은 다시 뿌리를 내리고 살아간다는 사실이다. 이곳이 끝이 아니고 또 다른 생이 시작될 것이라는 일말의 믿음이 있다. 빈집들이 무너지는 상황에서도 "입구를 지키는 동네 슈퍼 불빛이 설익은 호박꽃 등을 켜"는 것처럼, 꺼지지 않는 희망에 대해 이야기한다. 그 작은 "호박꽃 등" "불빛"은 강렬하지 않고 설익은 듯 은은하지만 유일하게 이 폐허 속에서 우리의 생은 꺼지지 않고 계속될 것이라는 의지의 표현인 것이다. 그 은은한 불빛에 시선이 오래 머문다.

반닫이를 여닫는다 나무에 앉아있는 나비를 본다 날개를 접었다 펼칠 때마다 가루를 털어낸다 지문 자국

이 늘어날수록 잇몸은 헐렁해지고, 햇살을 모아 부전
나비가 되고 호랑나비가 되는, 물 위에 앉아 날개를
털어낸다 겹겹의 구멍 속에 햇살을 모아두었다

윤달에 꺼내본다 반닫이 속 수의를 날개처럼 펼치는
구순 넘으신 시어머니, 얇은 삼베옷을 채곡채곡 넣어
둔다 잇몸을 겉도는 틀니처럼 나비경첩이 헐렁하다
푸른 잎을 먹고 빨대를 땅에 꽂아, 실을 토해 내는 애
벌레, 제 몸을 얽어 다시 껍질 속으로 들어간다

백 년이 다 된 가벼운 몸에서 비늘이 묻어난다 오래
전에 농 안으로 들어간 나비가 웃고 있다

－「날아오르다」전문

우리나라는 전통적으로 음력을 세는데 윤달에 부모의 수
의를 미리 맞춰놓는 풍속이 있다. 자신이 죽은 후에 입관
할 때 입을 옷을 미리 꺼내 보는 마음은 어떨까. "구순 넘
으신 시어머니"는 "반닫이" 속의 "수의"를 꺼내 보면서 죽
음을 준비한다. 그 "얇은 삼베옷"은 마치 "나비"의 "날개"

처럼 가볍고 산뜻하다. 죽음이라고 하면 절망적일 것 같지만 오히려 "햇살"이 모일 정도로 밝고 따뜻한 느낌이다. 반닫이 가구의 장식 무늬로 보이는 "나비"가 마치 살아서 "햇살" 속을 날아다니는 듯하다. "시어머니"는 "수의"를 꺼내 보는 즐거움도 잠깐, 다시 "수의"를 "반닫이" 속에 집어넣고 나면 "실을 토해 내는 애벌레"처럼 "제 몸을 얽어 다시 껍질 속으로 들어간다". 깊은 잠에 빠져들어가는 것이다. "시어머니"는 "애벌레"의 몸처럼 웅크리고 "애벌레"의 꿈을 꾼다. 그것은 "수의"를 입고 한 마리의 "나비"가 되어 훨훨 날아가는 꿈일 것이다. 죽음 이후에도 또 다른 내생이 있다면 그것은 "애벌레"가 "껍질"을 벗고 "나비"로 화하는 순간과 가깝지 않을까. 그렇기에 죽음은 땅으로 꺼지는 것이 아니라 하늘로 날아오르는 것이다. "햇살" 속에서 "날개"를 펼치며 지상에서는 겪어보지 못한 미지의 세계로 온몸을 던지는 것이다. 죽음은 생명의 끝이 아니라 또 다른 시작일 수 있다. "애벌레"에서 "나비"가 나오듯이 죽음을 통과하면 또 다른 세계가 열릴 것이다.

　신경숙 시인은 우리의 몸에 "싱싱한 꽃을 피워 올리는 나무였던 기억이 조각되어 있"(「축제는 사라지지 않는다」)다는 것을 환기시킨다. '나'는 '너'에게, '너'는 '나'에게 한때 좋은 계절이었다. 그리고 우리는 헤어지겠지만 서로의 '싱싱한 꽃'을 기억한다면 다시 또 다른 계절에 얼굴을 마주할 수 있을 거라고 노래한다. 시인의 말대로 "당신과 나 사이에 다른 계절이 있"(「다른 계절에 만나요」)고 우리는 다른 계절의 꿈을 꾼다. "젖은 땅에서 웅크리고 있던 씨앗"(「10월의 햇살, 마른 씨앗처럼 쏟아지는」)의 꿈이 바로 다른 계절의 꿈일 것이다.

시인은 "온몸을 밀어 계절을 건너온 벌레의 주름"(「봄 냄새를 열어본다」)에서 지금의 계절을 넘어 또 다른 계절을 향해가는 존재의 운동성을 발견한다. 우리의 생은 "풀리지 않는 설움"(「바다부채 길」)으로 채워진 고해(苦海)와 같지만 온몸으로 밀고 나아갈 때 이 험난한 세상의 계절을 건너갈 수 있을 것이다. "수초에 걸려 넘어져도 다시 일어서는/ 물길처럼, 언 땅을 밀어 올리는 겨울 보리/처럼, 우리들의 새날은 빼앗기지 않는다"(「여기산麗妓山의 아침」). 비로소 우리는 '새날'과 '다른 계절'이 희망의 다른 말이라는 사실을 알게 된다. 애벌레가 몸의 주름을 접어 한없이 웅크린 채 긴 잠에 들었을 때, 그것은 죽음의 예비 동작이 아니라 다른 세상에 대한 꿈으로 이어진다는 것을. 더 이상 이번 생은 더 이상 외롭고 슬프지 않다. 우리는 또 다른 계절에 기쁘게 만날 것이다.

시
인
의
말

시를 만드는 작업은 잠수潛水다.

수영을 배운 적 없는데 수면 아래에서 허우적거리는 일이다.

일상의 껍질로부터 나를 찾아가는 여정이다.

비우고 덜어내고 올해 빈집을 또 한 채 사들인다.

2024년 오월의 끝날에

신경숙

신경숙
당진 출생. 안양에서 성장. 2002년 『지구문학』으로 등단. 시집 『비처럼 내리고 싶다』
『남자의 방』이 있다.
제 17회 서울 시인상 수상. 2014년 수원문화재단 창작지원금 수혜.
현재 <시나모> 동인. <용인문학회원>으로 활동하고 있다.